Leticia Wahl

Was dazwischen bleibt

Was dazwischen bleibt

Leticia Wahl

Erste Auflage 2018

Alle Rechte vorbehalten
Copyright 2018 by

Lektora GmbH
Schildern 17–19
33098 Paderborn
Tel.: 05251 6886809
Fax: 05251 6886815
www.lektora.de

Druck: MCP, Marki
Covermotiv: Jakob Kielgaß
Covermontage: Olivier Kleine, www.olivierkleine.de
Illustrationen: Olga Zimmermann, Julia Franzmeier
Lektorat: Lektora GmbH, Denise Bretz
Layout Inhalt: Lektora GmbH, Denise Bretz
Printed in Poland

ISBN: 978-3-95461-124-9

Inhalt

Gedichte

Nur
für Dich
und für MIch
stehen alleine auch für
Sich!

Vorwort

Leticia Wahl ist eine Lichtgestalt. Und ein Wesen, das sich gern in schattigen Gefilden aufhält. Sie zerschlägt Tischplatten vor Wut über den schlechten Ausgang eines Fußballspiels und tanzt Treppen hinunter und hinauf, als gäbe es kein Morgen und keinen Anlass, um Atem zu ringen. Sie springt bei minus 15 Grad in Pfützen, ohne Rücksicht auf schlaflose Passanten links und rechts neben ihr. Sie trifft Entscheidungen wortlos und mit beeindruckender Konsequenz. Sie wohnt in einer steten Suche nach Versprachlichung aller Begebenheiten um sie herum. Ein wildes, junges Tier, dem man sich nur nach eingehender Zähmung nähern darf. Wirklich nähern. Rastlos durch die Nächte streifend. Tief einatmend. Rauchblasen durch die Luft katapultierend, feine Spuren hinterlassend im Raum. Voller Wucht ist sie und ein Rätsel. Ein Ausrufezeichen, ein Semikolon. Eine immer kühle Hand im Nacken. Leticia ist bärenstark und kann rennen wie ein junger Luchs, der eine Fährte wittert. Ihre Augen können weich sein wie die eines Kindes. Und ebenso müde, wenn es nicht schlafen mag. Längst über der Zeit. Ebenso sind ihre Texte. Klug. Bahnbrechend. Kaskaden in die Welt zeichnend mit feinem Stift. Sprunghaft. Vertrackt und konturiert. Berührend, empfindsam, zerbrechlich und verwirrend. Sie folgen einer strengen Form und verlassen sie – wo es ihnen gefällt. Wie das Meer, wie die Schiffe darauf. Leticia vermag es, Raum einzunehmen in allen vorstellbaren Farben. Dabei entfaltet sie eine unsägliche Kraft und nimmt mit, was sich in ihren Weg legt. Wie ein Papierflieger. Wie ein Herbststurm. Eine Lawine. Ohne Angst vor den eigenen Ängsten. Ohne Tabus vor Schmerzen. Wir wussten das vom ersten Moment, als wir sie sahen. Und deshalb haben wir sie auf die Bühne gelockt. Gleich auf die große ... wo sie hingehört. Und seitdem findet man sie hier. Im ganzen Land. Nimmermüde reisend, dichtend – als Bühnenpoetin. Immer suchend. Ständig findend. Immer offen. Viel Freude mit ihren Texten. Die werden Sie sicher haben. Und wenn Sie Sehnsucht haben sollten, egal wonach: Hier sind Sie genau richtig.

Dominique Macri, Felix Römer

Über die Liebe, das Betören und das Laufenlernen

Schnee

Ich liebe den heimischen Winter,
sein Schneegestöber allzu sehr.
Ach, bliebe er doch für immer,
doch sein Genuss ist stets temporär.

Er rieselt sachte auf mich nieder,
legt sich wie Zucker auf meine Haut.
Kitzelnd beschwert er meine Glieder,
befeuchtet den Boden, wenn es taut.

Er liegt festgeformt in meiner Hand,
wird härter und beginnt, zu schmelzen.
Unter dem Felsen, auf dem ich ihn fand,
brodelt die Quelle des Suchenden.

Wenn das Eis sich bereitet, zu brechen,
und die Frühlingsknospen sprießen,
erklingen bedeckt vom Schnee die Glocken,
die sich sacht nach außen schieben.

Die Zugvögel erscheinen am Himmel, sie rufen
unaufhörlich, wir fangen an, zu schreien.
Doch der Schnee, er zerrinnt in meinen Händen.
Ach, mein liebster Winter, es tut mir leid!

Die Erde dreht sich weiter,
keine Wende ohne Grund.
Die Zeit steht offen, ohne Ende,
denn ein Jahr verläuft meist rund.

So sitze ich am Klavier,
weil die Liebe flöten ging,
doch etwas Restschnee ruht in mir,
der im Frühling vom Winter singt.

Meereswellenkapitänin

Strähniges Haar trifft auf salzige Haut.
Azurblaue Augen. Poröse Lippen.
Der Sprache des Meeres wohl vertraut,
späht anmutig sie von ihren Klippen.

Der Wind flüstert ihre Sprache,
der Fisch trifft ihren Geschmack.
Manieren? Hat sie, keine Frage,
extra für sich neu gemacht.

Die Hosen gefüllt mit Plunderkram.
Ihr Kopf verdreht, eine reine Poesie.
So steht sie da, sehr wundersam,
und rülpst die Hymne der Harmonie.

Sie liebt das Salz, den Sand, das Meer,
wenn alles in ihren Zähnen knistert.
Vom Schalk getrieben, umso mehr,
wenn Muscheln alte Mythen flüstern.

Ihr Kompass ist die Lust,
der Zeiger abgedreht.
Die Schatzkarte, ein Muss,
hat sie zu Recht verlegt.

So lässt sie sich treiben,
im Aufwind der Zeit.
Mit dem Kopf kreuz und quer,
stets abfahrtsbereit.

Gleichen ihre Ohren den Segeln,
die sie wagemutig hisst.
Umgarnt so lieblich vom Fernweh,
an dem sie sich misst.

Und steht der Wind einmal gut,
spürt sie es in ihren Haaren.
Ergriffen packt sie den Mut,
aufs Blaue, ins Meer hinauszufahren.

Daher vergiss alle Zügel und reiß jede Leine!
Dort, wo das Meer den Horizont überschreitet,
lass Segel sich wild im Winde entfalten.
Nur wer sie ziehen lässt, kann sie halten.

So bricht sie auf und davon in ihr Niemalsland.
Mal schnell, mal langsam, mal wacklig, mal riskant.
Ihr Lachen verklingt, doch wärmt, und trotz Abstand,
winken Lichter zum Abschied fernab vom Stadtrand.

Sie ist eine Meereswellenkapitänin.
Stets strandend und dankend.
Vom Schiffbruch zum Treibgut,
weiter suchend und wankend.

Nach dem Hafen, den man ihr versprach.
Weiter scheiternd, so wunderschön,
schief und krumm, herrlich wachsam,
der vom Sommer geküssten Nase nach.

Daher warte oder zügle sie nicht,
schipper niemals hinterher!
Hiss deine Segel, lass dich beflügeln!
Sie küsst für dich das Meer.

2 Schiffe, 4 Augen, 2 Segel voll Wind.
Auf dass du auch eine gute Reise hast!
Mit Kippen, Rum, dem Kopf eines Kinds,
dem Rhythmus des Herzens als dein Bass.

Wer weiß, wo du dann selbst einmal strandest,
wo ihr euch kreuzt, temporär einen Hafen kreiert.
Denn ein Anker fällt dort, wo immer du landest,
es möchtest und tollkühn was Neues riskierst.

Vergiss alle Zügel und reiß jede Leine!
Dort, wo das Meer den Horizont überschreitet,
lass Segel sich wild im Winde entfalten!
Nur wer sich ziehen lässt, kann sich halten.

Ein Widerspruch in sich

Ich bin zu müde, um zu schlafen,
und zu alt, um jetzt zu sterben.
Muss das Leid wohl hier ertragen,
wie im Himmel, so auf Erden.

Zeuge ich Kinder mit Kondomen,
schweige Wut in dein Gesicht.
Habe mich heute stets betrogen,
bis das Fass voll Leere bricht.

Stehe ich schwitzend in den Knien,
bis der Morgen schlafen geht.
Schenke dies und das an jeden,
der sich in meinem Herzen sieht.

Baue Luftschlösser aus Gedanken
und niste mich dort ein,
wo gescheiterte Helden wanken,
lud ich dich aus und bat dich herein.

Doch dann hatte ich mich in die Unschuld verliebt,
zumindest in ihre Leichtigkeit.
So fragte ich mich kurz, was mit uns wohl geschleht,
wenn nichts ist, wie es ist, was für immer so bleibt?

Sie trägt die Schönheit der Natur
als ihr wundervollstes Kleid.
Sie kreiert Klarheit ohne Struktur.
Sie sucht sie nicht, sie ist die Zeit.

So steht sie mit offenen Armen und ruft:
»Hey, was soll mir schon geschehen?«
Ich wünschte, ich wagte, sie zu warnen,
doch wie soll sie meine Gefahren
durch ihre Augen sehen?

Unschuld, schöne, du
– komm bitte nie ins Wanken.
Form Stürme zu Sommernachtsprisen
und Seerosen zu Girlanden.

Tanze auf moosbedeckten Wegen,
zähle die Rehe dort im Wald.
Stolziere aus jeglichen Gehegen,
sieh mich an, spüre ein bis bald.

Du bist das Meer meines Herzens.
Du bist der Sturm, der in mir ruht.
Du bist das Fernweh, ohne Schmerzen.
Du bist Ebbe, du bist Flut.

Ja, Ich habe mich in die Unschuld verliebt,
zumindest in ihre Leichtigkeit.
Doch ich frage nicht mehr, was mit uns wohl geschieht.
Auch wenn nichts ist, wie es ist, was für immer so bleibt.

Denn durch sie, trage nun auch ich,
wahlweise die Schönheit der Natur
als mein wundervollstes Kleid.
Kreiere Klarheit ohne Struktur
und ich suche sie nicht,
mit ihr bin ich die Zeit.

Sie ist das Meer meines Herzens,
sie ist der Sturm, der in mir ruht.
Sie ist das Fernweh, ohne Schmerzen.
Sie ist Ebbe. Sie ist Flut.

QUADRATE rollen sonderbar talwärts und verdrehen Wirklichkeiten

Kreuz und quer,
krumm und schief
verlaufen deine Wege
zu den Sternen im Sand.

Unter Facetten der Nichtigkeiten
lebt eine Schönheit in dir.
So geheimnisvoll,
wie ein Schatz vergraben.

Routen verblassen, Spuren, die bleiben,
unabhängig von Raum und Zeit.
Eine Vielzahl von Wundern unter frechen Lachen.
Funkelnde Augen, die Geschichten schreiben.

Du pflanzt Samen in Herzen
wie in Blumentöpfe.
Du versprühst Liebe,
wenn es zu regnen beginnt.

Du hegst die Samen,
bis sie Blüten tragen.
Du malst bunte Bilder
auf berührten Seelen.

Deine Lippen zeichnen Lächeln.
Deine Augen funkeln Leben.
Strahlst eine Wärme.

Kreuz und quer,
krumm und schief
in den allerschönsten Bahnen.

Machst dich
einzigartig
sonderbar!

So atmet die Zeit den Augen
Nimmt Ihn in Ihre Lunge auf.
Sie leuchten zusammen, sch
Bedingungslos und federleic

Keine Farbe, keine Kontur,
kein Klang, kein Geschmack
könnte Ihn in Ihr
gebührend beschreiben.

Nichts berührt,
ergreift Sie
so sehr
wie Er.

Doch
Er kollabiert
in Ihren Fingern.
Immer wieder und wieder
Verlust.

Sie
kann nicht,
kann Ihn nicht,
Sie kann Ihn nicht
halten.

Sie vergeht und Er durch Sie.
Eine Konstante, die beide teil
Ein Schicksalsschlag voll Ironie
voll Lebenslust und sich erleid

eiter drehen.
nander bestehen.
blick.
rickt.

Der Elefant

In diesem Raum dort steht ein Elefant,
recht unbeholfen, nicht in Worte zu fassen.
Anerkannt, doch mit der Stirn zur Wand
kann er diesen Ort nicht mehr verlassen.

Ich trotte durch die Gegend
wie ein Elefant aus Porzellan.
Ich wollte, doch vergebens
glich ich nie dem goldenen Schwan.

Du zolltest mir deine Liebe,
doch als die Zeit uns überkam,
schlugen Funken ein wie Hiebe,
bis da nur noch Sprünge waren.

Diese schärften mein Gedächtnis
und läuten Sinne einmal Sturm,
folgt der Rückzug durch Bedrängnis
im gläsernen Elfenbeinturm.

Unantastbar schön zu betrachten.
Kalte Haut mit dickem Sprung.
Laib verzehrend, um zu erstarken,
verkehrte Welt, mal andersrum.

Hell erleuchtet in dieser Vitrine,
geschnitten scharf an jedem Stück,
verbot ich mir, zu zerspringen,
aus Angst vor dem eigenen Glück.

Dort steht ein Elefant im Raum.
Niemand wagt, darüber zu sprechen.
Geöffnet wird seine Vitrinen wohl kaum,
denn im Fazit würde alles zerbrechen.

Verdichtung

Stillstand

Ich stehe neben dir.
Du stehst neben mir.
Wir stehen neben uns.

Distanz

Beide
erahnten sie
die stille Fremde.
Schleichend, gar unaufhaltsam zwischen
ihnen.

Desaster

Ich
sag dir:
»Ich mag dich!«
Und du dann so:
»Okay ...«

#Wasistdasfür1Korb

Ich
bin ich.
Du bist du.
1 Wir gibt es
nicht.

Verbrannt

Ich dachte mir neulich, bei dir könnte ich mich fallenlassen!
Ich war ja so heiß, du lässt mich schon los.
Doch du warst wie Eis, hast nicht nachgelassen.
So wurde ich nachlässig und du robust.

Es zischte, dampfte und ich bekam Angst,
dass ich in dir zerschmelzen würde.
Und da alles in mir nach Aufbruch klang,
entzog ich mich flink von dieser Bürde.

So flüchtete ich in die wildesten aller Wälder,
ich wollte ja wieder glühen!
Doch statt heiß wurde ich kälter und kälter.
Welch Trauerspiel, welch Schabernack,
welch unsinniges Bemühen.

ABC

Alles beginnt chronologisch, damit etwas Frohlockendes
geradezu holpernd im jähen Kindertraum lacht. Mag niemand Orchideen plündern, querdenken, rückwärts Silhou-
etten tanzen und verträumt wundervolle xfache Ypsilons
zaubern?

Ich lernte laufen, stürzen und aufstehen.
Ich lernte lesen, schreiben und zählen.
Hab gelacht, geweint und geatmet
und trug die Leichtigkeit des Lebens.

Zog in die Wälder, schwamm in Seen.
Ich stellte Fragen am laufenden Band.
Trug dabei mein wachsenden Körper
als meine Rüstung und mein Gewand.

Ich malte Bilder, erzählte Gesichten.
Kreierte Welten in meiner Phantasie.
Hab gespielt, gelacht, war albern und
nährte mich labend an dieser Magie.

Es mehrten sich Dinge, die ich tun musste.
Ich tat sie, doch blieb schwer von Begriff.
So entwich der Zauber und ging zu Grunde
»Das musst du tun und jetzt frage nicht!«

Das Leben glich einem Spiel,
das mir täglich mehr missfiel.
Regeln, die sich neu erschlossen,
verfehlten dabei stets ihr Ziel.

So wurde ich größer und verlernte das Laufen,
wurde unsicherer mit jedem Schritt.
Stolperte. Wusste nicht, wohin, was ich wollte.
Und spielte das Spiel nur noch freudlos mit.

Ja, es riecht nach wie vor arg beißend an diesem Ort,
dessen Offenbaren wie kalter Rauch an mir hängenblieb.
Ich verschwende reine Geister, die ich verschlief,
trinke Sekt, bin die Flasche und tauche ab in Nostalgie.

Trinke weiter und weiter.
Werde schwerer und versinke.
Ertrinke beinahe, laufe bis zum Rande voll.
Quelle über, ersaufe, implodiere
und frag mich, was das Ganze soll.

Realistisch betrachtet wäge ich Dinge ab,
Survival-of-the-Fittest bleibt mein Trumpf.
Von Dur zu Mol verklingende Melodien,
versunken, blau im eigenen Sumpf.

Ich merke, es wird spät, und gehe
im Drehflug durch die Kinderzimmertür.
Rühre an keiner Träumerseele,
fehle und mache keinen Fehler mehr.

Ja, es riecht nach wie vor arg beißend an diesem Ort,
dessen Offenbaren wie kalter Rauch an mir hängenblieb.
So starre ich vom Ufer aus auf die Strömung der Gezeiten,
wie vom Salz zersetztes Strandgut, das viel zu lange trieb.

Die Brandung trug auch dich an mich.
du glühendes kleines Würmchen.
Dein wärmendes Licht nähert sich
und ich schreite zu dir, leicht zögerlich.

Du fällst in meine Arme und ich in deine Welt.
Trage dich auf den Schultern, während du Wolken zählst,
schmeckt alles wie damals, zuckerwattenleicht,
mit haltenden Händen in deinem Zauberreich.

So stehst du vor mir, bist gerade mal 1 Meter.
Strahlst mich an, mit diesem frechen Blick.
Erwachsen? Werde ich mit dir wohl später.
Die Zeit steht still, obwohl der Zeiger tickt.

Du bist süß, aber nicht aus Zucker.
Du bist klein, doch zeigst wahre Größe.
Bist teils sauer, aber nie zu bitter.
Du bist ein Wunder, das allerschönste!

Du entschleunigst, wächst schnell zugleich.
Blühst auf, du Blume, und gedeihst.
Du bist reich, ohne jeglichen Besitz.
Ach, es ist schön, dass es dich gibt.

Mit dir drängen sich im Gemenge
die Klänge des Verstandes.
Fliehst vor Fängen fremder Hände,
die wir Normen nannten.

Mit dem Herz in der Hand
und dem Schalk im Gesicht
spiegeln deine großen Augen
permanent das Licht.

Was du mit mir teilst, ist pures Glück,
Lust auf Pommes, Eis und etwas Magie.
Mit dir hole ich Teile meiner Kindheit zurück
und spüre sie wieder, so doll wie noch nie.

Es ist schön, mit dir neu laufen zu lernen.
Gleich einem Spiel, in dem Würfel nicht fallen.
Ich spüre, Gefühle können wiederkehren,
solange tragende Schritte sich nicht verhallen.

Solltest du dich beim Wachsen einmal unwohl fühlen,
wird dir die Haut zu eng oder drückt gar der Schuh,
komm vorbei, wir setzen uns zwischen die Stühle
und schauen der Strömung beim Fließen zu.

Klänge des Verstandes, drängt euch im Gemenge,
mit dem Herz in der Hand, flieh vor fremden Fängen!
Spüre vorübergehend den Schlag in deiner Brust,
lecke das Salz verwundeter Träume.
Sei dir deiner Phantasie bewusst.

Sammle alle Unsicherheiten!
Träume, staple und lege Persönlichkeit offen!
Damit kann dein Fuß stehen, ohne Bein.
Und dann frag dich,
ja, frag dich das immer wieder:
Beginnt **a**lles **c**hronologisch?

Über den Mut, sich zu empören, sich zu beschweren

Ein Schlaflied für Tagträumer

Liebe Nacht, ich bitte dich,
draußen ist es doch schon dunkel!
Streife deinen Schlaf auch über mein Gesicht,
ich ertrage das Funkeln dieser Sterne nicht.

Es malt wilde Schatten unter meine Augen.
Diese hängen wie der Schlaf in vielen Städten.
Ach! Ich bin müde von diesem bisschen Leben
und frage mich, wie ich es wohl gerne hätte.

Dabei wusste ich es doch einmal.
Die Tage waren damals noch länger.
Alles musste immer so, wie es kam,
die Luft jedoch wurde enger und enger.

Jetzt liege ich in den Federn,
greife in die Ferne und bin dem Lächeln so nah.
Schwinge im Takt eines verstummten Träumefängers.
Die Nächte werden kälter. Der Mond scheint klar.

Sein Licht bricht sich in meinem Gesicht,
streicht seicht den Schlaf auf meine Lider.
Es tanzen die Äste im Windschattenspiel,
berühren die Fenster anstatt meine Glieder.

Mein Gemüt erbricht sich reglos auf dem Kissen.
Es drückt mein Gewicht in den Holzbettrahmen.
Gesteigerte Demut beschwert mein Gewissen.
Es schläft sich nicht leicht mit zu vollem Magen.

Ich kann es nicht loslassen
Kann es nicht loslassen
Es nicht loslassen
Nicht loslassen
Loslassen
Los!

Liebe Nacht, ich bitte dich!
Draußen ist es doch schon dunkel,
streife deinen Schlaf auch über mein Gesicht,
ich ertrage das Funkeln dieser Sterne nicht.

In diesem halbschwere Raum,
mit diesen vier weißen Wänden,
ich habe ein Bett zwischen Klavier und Tisch.
Doch die Dunkelheit
gleicht der Unendlichkeit des Universums
und manchmal glaube ich, sie buhlt um mich!

Es ringen meine Augen
mit schwarzen Umrandungen.
Diese Nächte,
sie lassen mich nicht los
und fangen mich nicht ein.

Nimm mir doch die Schwere meiner Glieder
und raub mir die Kräfte meiner Gedanken.
Liebe Nacht, ich bitte dich!
Lass sie los und fang mich ein.

Der Metzgerlehrling

Hat der alte Metzgermeister
sich zum Sterbebett begeben,
setzt er auf des Sohnes Geister,
seine Farm zu übernehmen.

Rind, Schwein, Huhn und Pferde
wurden sittlich für ihn notiert
und somit des Metzgers Fährte
dem Jüngling strikt doziert.

Es schien die Sache für den Greis recht klar,
den Bub jedoch schauderte die Bestimmung.
Da dieser aus Ehrfurcht nie verrat, (lol)
Veganismus war seine neue Besinnung.

So sprach der Greis mit letzter Kraft:
»Mein Sohn, es liege nun in deiner Macht!

Hacke, hacke und vollstrecke,
dass zum Zwecke Blute fließe
und im reichen vollen Schwalle
Würste sich dem Volk ergießen!«

Friedlich schloss der Greis die Lider.
Alleine, gar ratlos, stand der Knabe vor ihm.
Er liebte die Tiere und hasste den Fleischwolf,
es schrie die Pflicht, die ihm zuwider erschien.

Da stand er nun,
der arme Thor,
und war so klug
als wie zuvor.

Er aß doch kein Huhn, weil da Ei drinne ist.
Er aß doch kein Schwein, weil da Schwein drinne ist.
Er aß doch nicht mal Pferde, obwohl diese voller Äpfel sind.
Wie sollte er?

Doch angespornt vom Geist des Vaters,
der treibend sich in ihm befand,
überkamen ihn Pflicht und Macht der Gewohnheit,
ganz schnell und leicht, wie von Metzgers Hand.

Er ergriff die Axt, leicht zögerlich,
obwohl ihn jene Tat wiedersträubte.
Voll Demut zwang und zügelte er sich,
zur Vollendung dieser Bräuche.

Nun komm, du eingefleischter Veganer,
leg ab die schlechten Kunstlederhüllen!
Bist doch nur der Knecht des Vaters,
musst erfüllen seinen Willen!

Auf zwei Beinen stehe,
mit der Axt am Kopf,
hole aus und ziele
auf des Tieres Schopf!

Hacke, hacke …
AHHHHH!

Er konnte nicht – beim besten Willen,
da schieden sich die Geister!
Er wusste längst schon insgeheim:
»Ich bin kein Metzgermeister!«

Kurzerhand öffnete er alle Pforten
für Rind, Schwein, Huhn und Pferd,
wollte sie zurück in die Natur verorten,
sprengte die Fabrik mit 'nem Feuerwerk.

So saßen die Getürmten, Veganer und Vieh,
der Größe nach an einem abgelegen Hang
und beobachteten die lodernde Fabrik
selig aus der Ferne im Sonnenuntergang.

So hockten sie friedlich – Arm in Pfote und Pfote in Arm –
bis der Mond die Sonne zärtlich hinter die Berge küsste,
schelmisch ein Wolfspiel aus dem Düsterwald drang,
Grillen zirpten und frech ein Käuzchen sie grüßte.

Doch plötzlich türmte sich ein Gewitter auf!
Mit Pauken, Trompeten und Donnerschlag.
Es polterte und zischte, so dass der Veganer
sich fluchtartig samt Vieh in den Wald begab.

So rannten sie spät durch Nacht und Wind.
Der Veganer mit Pferd, Schwein, Huhn und Rind.
Er hatte die Tiere wohl im Arm,
Er fasste sie sicher, er hielt sie warm.

»Meine Tiere, was bergt ihr so bang euer Gesicht?«
»Hörst, Veganer, du den Geist des Metzgermeisters nicht?«

»O, du Ausgeburt der Hölle,
wage es nicht, mir zu entlaufen.
Sah ich doch über jede Schwelle
Generation auf Traditionen bauen.

Mein Fleisch und Blut
gleicht deiner Gestalt
und bist du nicht willig,
so braucht es Gewalt!

Ein verruchter Veganer,
der nicht hören will!
Stock, der du geworden,
und folge meinem Drill!

Hacke, hacke und vollstrecke ...«

»Vater! Nein!
Ab zurück ins Sterbebette –
alter Besen, seid's gewesen!

Deine Erbschuld drückt auf mein Gewicht,
deinen Dreck habe ich dick am Stecken.
Trage doch mein, nicht dein Gesicht
und wünsche mir ums Verrecken ...
dass du endlich gehst!

Lass mich und die Tiere einfach frei
und dein Traum und mein Dilemma
vom hackfleischzerhackenden Veganer
sei hiermit nun endlich vorbei!«

Rechenschaft wird nur dann zur Pflicht,
wenn man sich wie die Axt im Walde
an der Kreuzung einer Entscheidung
selbst dabei das Rückrad bricht.

Drum tue nichts nach fremdem Willen,
solange du dir treu und nützlich bleibst.
Bist dein eigen Fleisch und Blut geworden,
daher treib es bunt und treib es wild –
mit wem immer du es auch treibst!

In der Regel geht's mir gut ...

Folgender Text gleicht hier einem schlecht platzierten OB – unangenehm und kurz vorm Entgleiten

... nein, wirklich, alles super ... Ich bin nicht schlecht drauf – ich bin im Einklang mit mir selber, du Pimmel!

Es ist ein klassischer vierter Samstag im Monat. Ich sitze verheult in der Küche und menstruiere. Vor mir auf dem Tisch erstreckt sich ein Schlachtfeld aus Tee, Taschentüchern und den Resten der letzten Fressattacke. Im Radio läuft ein random Lied: »Lass die andern sich verändern und bleib so, wie du bist, so wie du bist. Lass die andern ...«

HALT DEIN DUMMES MAUL, DU OTTO!

Wenn ich mich nicht verändern würde, würde ich immer noch wie mit 14 Jahren daran glauben, dass man vom Küssen schwanger wird. Ich greife wutentbrannt nach dem letzten Schokoriegel und ziele Richtung Radio, in der Hoffnung, dass es dann tot ist. Ich treffe natürlich alles, nur nicht das Radio. Ich heule erneut. Mein Leben hasst mich, da bin ich mir sicher! Jetzt ist auch noch der letzte Schokoriegel weg.

Das Lied, denke ich, ist wie meine Menstruation: überflüssig und läuft immer noch!

Ich denke daran, wie es war, das erste Mal so richtig im Flow zu sein. Ich war 14 und es war noch total cool, Tokio Hotel zu hören – rückblickend betrachtet eine meiner größten Jugendsünden. Mein Musikgeschmack hat sich im Gegensatz zu dem Shit im Radio zum Glück verändert, mein Menstruationsverhalten leider auch, es ist schlimmer geworden. Damals hatte ich mich noch gefreut, endlich eine Frau zu sein, mir Tampons kaufen zu können und an der Kasse zu berichten: »Ja, die sind für mich, meine Mutter ist mittlerweile zu alt für das Zeug.«

Danach bin stolz wie Bolle durch die Gegend geschlendert und hab alle Leute angeschrien: »GUCK MAL, ICH BLUTE! WEIL BEI MIR LÄUFT!«

Hupsi, unangenehm! Ich schätze, das waren die Hormone. Mittlerweile fehlt mir für sowas zum Glück die Energie und ich beginne, wie damals schon bei den Tokio-Hotel-Konzerten, eine Woche vor Start zu kreischen und umzukippen. Heute bin froh, wenn ich den Weg vom Bett über die Küche zum Klo noch meistere, ohne mich zu verletzen. Zyklusweise fühle ich mich wie ein in Hormone getränkter Lappen, der in die Ecke geschleudert wurde.

Als ich meine Ärztin fragte, ob das normal sei, sagte sie nur: »Leticia ... Mhm?! Leticia ... Mimimimi! Trink einen Tee, mach dir eine Wärmflasche, zünde dir eine Kerze an und immer ruhigbleiben und atmen. Einatmen und ausatmen. Einatmen und Ausatmen. Nur nicht das Atmen vergessen!«

»ICH VERGESSE MICH GLEICH, ICH BIN DOCH NICHT SCHWANGER, DU BITCH!«, dachte ich mir.

Während sie weiter mit so viel Rat um sich schlug, fragte ich mich ebenfalls, ob ihr wohl der Mund zwischen den Backen gewachsen sei, bei so viel Scheiße, wie da rauskam. Lass mich doch einfach in Ruhe sterben, wenn du mir schon nicht helfen kannst.

Einmal hat eine Freundin mich auf eine Menstruationstassentupperparty oder so was Ähnliches mitgenommen. Sie hat gesagt, ihr haben die Dinger unwahrscheinlich das Leben erleichtert und sie seinen zusätzlich so umweltfreundlich. Ich musste gestehen, ich hatte bis dato keine Ahnung von den Teilen und habe mir die ganze Zeit nur vorgestellt, wie sich irgendwelche Hippies irgendwelche Tassen in die Muschi schieben und diese aus Umweltgründen sogar mit einander teilen – #2Girls1CupPart2!

Auch hab ich mich gefragt, ob man mit den Dingern überhaupt fliegen dürfe, wenn die Flüssigkeit in dem Behälter mehr als 100 ml betrüge. Um meine Neugierde zu stillen, bin ich daher mit auf die Party gegangen. Das Problem war nur, ich kannte niemanden und hasse zusätzlich Smalltalk. Immer wenn mich jemand fragt: »Hey, naaa, wo kommst du her, was machst du so?«, antwortete ich klassisch: »Ich mache Kinder und komme aus meiner Mutter, der Rest geht dich einen Scheiß an, du Opfer!«

Absurderweise wollte dann niemand mit mir reden. Hab ich echt nicht verstanden, aber gut. Meine Freundin wollte mich danach noch nach Hause bringen. Wahrscheinlich hatte sie Sorge, dass mich die Polizei irgendwo aufgabeln würde, da ich anscheinend aussah wie das Girl aus »The Ring« – verheulte dunkle Augen, Kopf unten, alles blutig. Ich verneinte ihr Angebot mit den Worten: »Ich bin emanzipiert und nicht gerade schön, kann ungeleitet nach Hause gehen.«

Sie antwortet nur: »Sag mal, Leticia, hörst du es regnen? Bitch, Bitch, Bitch …«

Wahrscheinlich hatte sie auch ihre Tage, daher durfte sie das. #Blutsschwestern. #läuftbeiuns.

Ich komme zu dem Fazit, dass, wenn ich solide am menstruieren bin, es grundsätzlich besser wäre, wie ein Lappen in der Ecke liegenzubleiben, um die Wahrscheinlichkeit (Obacht: unmöglicher Mathewitz) bei $0,\overline{0}$ zu halten, Menschen anzutreffen. Hochgerechnet würde das jedoch auf mein ganzen Leben bezogen 6–7 Jahre totale soziale Isolation bedeuten. Mittlerweile bin ich 25 Jahre alt, hab nicht einmal 1/3 davon abgearbeitet, bin regelmäßig im Flow und denke manchmal an die Zeit zurück, wie es noch war, als Tokio Hotel im Radio lief. Ich heule, kreische und kippe um. Als ich mich beruhige, denke ich mir: »Lol – durch diesen Monsun muss ich wohl auch durch!«

Vielleicht wusstet ihr's schon,
ich hab Menstruation.
Es ist 'ne weirde Zeit,
stets dasselbe Leid.
Ohne Tanz und Gesang
am Abgrund entlang,
doch wenn ich nicht mehr kann, denk ich daran:
Irgendwann läuft es nicht mehr,
#Menopause, yeah, yeah, yeah!
Menstruation, bald wird alles gut.
YEAH!

Was bleibt

Du hast mir mein Herz genommen,
ohne jeglichen Respekt kam von dir nur Derbes.
In mir hat prompt alles zu brennen begonnen,
denn statt Liebe hinterließt du nur Herpes.

Silvester

DAS JAHR IST ALT
UND WIR   SIND JUNG
ZUM GLOCKENSCHLAG
DIE WENDE
DAS LEBEN KNALLI
AM HIMMEL BUNT
NUN SIND WIR ALT
DAS JAHR IST JUNG

Farben

Die bunten Blätter des Herbstes sind gefallen.
Ich habe es mit eigenen Augen gesehen.
Sie liegen aschfahl auf dem kalten Asphalt,
während Menschen hektisch vorrübergehen.

Leise ziehe ich meine immer kleiner werdenden Kreise,
während Regen auf dem Kopfsteinpflaster zerspringt.
Eine gähnende Tristesse umrahmt lebensleere Bereiche,
die bleiche, verkalkte Fassadenhäupter bedingt.

Aufstehen, arbeiten, leisten,
arbeiten, leisten,
leisten.

Alltagstrott, versteinerte Gesichter.
Coffee-to-go @work unter gesenkten Blicken.
Es ist hart, zu urteilen, als sein eigener Richter.
Die Zeit schreit »HIER« und die Zeiger ticken.

Wenn du dich heute nicht beeilst,
bist du Morgen schon von gestern.
Wenn du im Hier zu lang verweilst,
sinkt dein Wert als Frontenkämpfer.

Durch die von Tropfen bedeckten Scheiben
blicke ich wehmütig in die Leere.
Bin es satt, dieses Perspektive zu erleiden,
unter all dieser nassen Schwere.

Erliegen die Zeilen dem Auge des Orkans
und träumen dabei vom Fliegen.
Dick geschichtet, viel zu schwach,
sind sie wie die Orte, wo wir nie blieben.

Wie gerne wollte und würde man
ein großes erfülltes Leben haben.
Doch durch alles, was man kaufen kann,
lässt sich das Leid bequemer tragen.

Es kleidet schmeichelnd mit Konjunktiven
und belebt die Nostalgie der Vergangenheit.
Doch um Taktungen neu zu konstruieren,
fehlt es permanent an Zeit.

Wenn nächtlich die Fassaden
in Eskapaden brechen,
fallen Lasten von Schultern
und vage Versprechen.

Man ist der Meister der Lügen,
wenn es um Selbstbetrug geht.
Legt sich die auferlegten Steine
dabei oft selbst in den Weg.

Aufstehe, arbeiten, leisten,
arbeiten, leisten,
leisten.

Folglich selbstgesteckter Zwecke
büßen die Blätter ihre Farben.
Bleiben aschfahl auf der Strecke –
fallen lautlos wie Soldaten.

Das Laub erblasst im Windschattenspiel.
Sein Gold zerfließt, ein Rinnsal Gewalt.
Es verschwimmt, versinkt. Die Last zu viel,
wie bei einem Gürtel, der zu straff geschnallt.

Auf der Achterbahn der Gefühle
sitze ich daneben im Kettenkarussell.
Hock mich zwischen alle Stühle
und selbst da dreht's sich zu schnell.

Ich betrachte die hängenden Bäume:
Wo ist ihr Ursprung, der die Wurzeln schlug?
Ich sehe Risse im Asphalt von den Träumen,
die man einst dort selbst vergrub.

Meine Tränen sollen sie gießen und hegen,
sodass Neues gedeiht und Altes zerfällt.
Auf den Boden tief kratzend am Ursprung,
um zu sehen, was den goldenen Herbst enthält.

Denn auf grau gepflasterten Straßen
und stumpf gesetzten Wegen,
verkäme die Blüte meines Wesens
wie ein Tiger im Gehege.

Der die Menschen still betrachtet
und vom Blitz getroffen wird,
obwohl er die Erinnerung verachtet,
weil sie ihm nicht gehört.

Ich will lernen, zu verlernen,
wie ich einst lernte, zu sein.
Behebe selbsterlegte Wege,
Stein für Stein.

Mein Metrum ist beständig,
denn mit jedem Atemzug
gleicht mein Herzschlag einem Taktstock –
das Blut pumpt, der Bass ist gut.

Meine Hände sind voll Farbe,
in meinen Adern quillt Acryl.
Blättermeere bilden Wege,
die viel zu lange unterkühlt,
unbenutzt gewesen sind.

So will ich sie neu bemalen,
bis sie leuchten,
bis sie strahlen
in jeder meiner
Farben.

Fern-sehen

Neulich habe ich eine Dokumentation gesehen.
Wie in eine andere Welt habe ich in die Ferne geschaut.
Brachial und surreal – es blieb ein Bild bestehen.
Die Reste habe ich verdrängt, wie Magenbitter verdaut.

Unter schuttbedeckten Leuten,
neben blutbefleckten Zeugen,
beugen Kinderknie sich nieder,
malen Bilder schlicht und bieder.

Immer wieder. Immer wieder.
Spröde Lippen singen Lieder,
die den Hauch von Elend tragen,
die mich fordernd überfragen –

In jedem Klang ihrer Worte,
liegt ein Mensch still begraben,
der sich weigert, für seine Sorte
zu kämpfen, da zu viele starben.

Auf dem Boden der Tatsachen.

Ich blicke kurz in die Ferne
und fühle fremdes Leid.
Schaue weg, in die Sterne,
voll verlegener Begrenztheit.

Bleiben da Wut mit tiefer Trauer –
sehr perfide, diese Welt.
Mir geht's gut und ich bedauer,
dass sie anderswo zerfällt.

Ich habe in die Ferne geschaut und weggeschaltet.
Ich konnte, das bleibt der Unterschied.
Hab mich geschämt, das Bild behalten,
in dem ein Kind neben leblosen Körpern kniet.

Es liegt im Magen bitter, die Reste verdaut.
Ich sah längst nicht alles und verdränge beengende Fragen.
Es schaudern ferne Splitter unter meiner Haut.
Ich schaue Fern, schalte ab, kann es nicht einmal ertragen.

Verschwundene Taten

Rumgetrieben von der Nacht. Alles reglos und still. Schattenwerfende Laternen auf leeren Kopfsteinpflastergassen. Leises Kichern. Entfernte Schritte. Verhallend. Zwei müde Lider. Zwei kalte Hände. Zwei kalte Füße. Darüber ein lärmender Kopf, umzingelt von einer Armee aus Gefühlen. Ich. Wein in der Hand. Wein im Bauch. Weinend. Schwebender Nebel zwischen vergilbten Fingerkuppen, ein Wolkenmeer aus Atemzügen. Die Lunge voll Rauch. Der Mund voll Schweigen. Der Kopf voll verbotener Gedanken. Impulsartig, auf- und absteigend. Gleich den verbrennenden Motten in der Hitze des Laternenkegels. Funkensprühend, fluchtartig und verglimmend. Ein Feuerwerk. Der Blick in den Himmel. Nachschauend. Nachtragend. Hoffnungsschimmer und Angst. Explodierende Sterne. Kollabierende Zeit. Hier in der Großstadt fern jeglicher Natur. Genormte Unsicherheit. Ergreifende Demut. Ein pulsierendes Herz. Tobend, laut und wild. Unberührt und nicht zu bändigen. Gezwungen zum Rhythmus. In mir? Wütender Sturm. Um mich alles reglos und still. Eine Allee aus schattenwerfenden Laternen auf leeren Kopfsteinpflastergassen. Links oder rechts? Geradeaus oder zurück? Möglichkeit um Möglichkeit. Nichtsahnend. Wohin? Alleine! Wohin mit sich? Dahin? Dort? Heute? Nie? Türmende Fragen, hinkende Antworten. Entscheidungen über Entscheidungen. Hinterherlaufende Verantwortung. Diffusion. Ankommen wollen, dürfen. Ankommen können. Die Angst vor dem Machen, dem Tun, dem Handeln, den Konsequenzen. Verwesende Resignation. Hier in der Großstadt fern jeglicher Natur. Einsam unter Menschen. Fehlende Worte. Ein lärmender Kopf. Verschwundenes Verbum. Verlorenes Handeln. Irgendwo zwischen den Zeilen.

Über das Spielen, Verlieren, bis hin zum Verbiegen

Spieltrieb

Prolog:
Ich verspreche, dass ich breche,
was ich je versprochen habe.
Wäre die Lüge ein Manifest,
ich trüge sie auf Händen bis ins Grabe.

Ich sitze an beiden Enden eines karierten Feldes. Kopf gegen Herz. Wut gegen Verstand. Lust gegen Liebe. Und gehe Hand in Hand mit Lüge um Lüge und Schritt um Schritt und – tschatschatscha, tanze ich mir selber auf der Nase herum. Denn Kraft mir meines selbst verliehenen Amtes erkläre ich mich zu allen SpielerInnen dieses Feldes.

Als Dame bezirze ich all jene Bauern,
und schlüpfe dafür in schlüpfrige Rollen.
Am Finger umwickelt hängen Bärte und Blicke
und ich stoße sie fort, nach flüchtigem Wollen.

Als Springerin, die Steigerung.
Auf der Hut zwischen Bettkante und Abstellgleis
lauer ich auf den nächsten Seitensprung,
hausierend von Raucher- zu Raucherbereich.

Als Läuferin bin ich gehetzt und getrieben,
ohne Schulterblick, dabei sehr verschwiegen.
Wüte ich tiefer in ein verstricktes Dickicht,
vor mir kein Funke eines Ausgangs in Sicht.

Als Turm ziehe ich Grenzen durch breite Mauern
und ich staple spitze Steine um mich herum.
Stützende Barrikaden, verspachtelt durch Lügen
verweigern den Zugang zu meinem Zentrum.

Als Königin hüte ich mich dort,
ohne Einsicht zu verlieren.
Abgeschottet an jenem Ort,
an dem nur Einsame regieren.

Dort schwindet der Glanz meiner Schönheit.
Zu defekt das Ventil, zu fragil dieses Spiel.
Pure Abnutzung durch faule Gewohnheit,
sodass jegliche Rundung ins Kantige fiel.

Doch solange das Spiel noch holpert und stolpert,
noch klappert und rattert, sich schwindelig dreht,
lass ich's nicht bleiben, stehe Spalier und fordere
Maxime, auf dass das kleinste Übel zählt.

Und die Zeit tickt, tickt, tickt. Zug um Zug,
mit der Uhr neben mir,
die damals mit meinem Herzschlag schlug.

Stehe ich mir selbst in allen Wegen,
pulsiere impulsiv dem Takt hinterher.
Bin schon lange nicht mehr im
– FUCK –
              RHYTMUS
                        geblieben
und zaubern
kann ich eh
nicht mehr.

Ich hänge in den Fäden,
die ich selbst gestrickt.
Wie durch Scheuklappen
blick, blick, blick
ich in den Schatten

der Zukunft und
strick, strick, strick
den Strang immer enger,
immer enger,
immer
enger –

wird der Spieltrieb
zum Selbstläufer,
mit mir als Herzensdieb
und Quartalssäufer.

Ich verspreche, dass ich breche,
was ich je versprochen habe.
Wäre die Lüge ein Manifest,
ich trüge sie auf Händen bis ins Grabe.

Hebe mein Glas auf die Liebe,
ziehe von Bar zu Bar.
Mit jedem Schnaps folgen Triebe,
wo das Herz einmal war,

expandiert meine Lunge,
der Rauch versprüht sein Gift.
Ich hab den Krebs noch besungen
und die Waffen stillgelegt.

Ich habe mich selbst schon besiegt
in diesen eisigen Nächten,
mit jedem Stoß in die Tiefe
verblendet belächelt.

Komm, ich schenk dir meine Einsamkeit,
ich spür, dass du sie willst.
Doch auch in deiner wilden Zweisamkeit
liegen wir da und wir liegen still.

Unter Tränen, die nicht fließen,
lecke ich das Salz auf deiner Haut.
Rot voll Scham, verschließend,
wo meine Königin Mauern baut,

fälle ich Urteile, bevor sie kommen,
bin mir stets der strengste Feind.
Das, was ich dir gebe, mein Freund,
habe ich mir selbst genommen.

Ich bin die,
die hinter den Mauern bleibt.

Nachwort:
An dem, was man mir gibt,
gibt es nichts zu bemängeln!
Das Spiel bleibt fragil
und ich dennoch geschickt.

Bin eine Getriebene
meiner eigenen Fänge
und die Zeit
tickt, tickt, tickt

Zug um Zug,
mit der Uhr neben mir,
die damals
mit meinem Herzschlag schlug.

Drum tritt mir nicht näher, solange der Spieltrieb läuft.
Ich würde erstarren, mir wäre um dich furchtbar bang.
Meine Königin ist kein Wunderwerk, daher lebe wohl
– ich habe Angst!

»Doch heute ist nicht alle Tage,
ich komm wieder, keine Frage!«

Es ist schlimm

Es ist schlimm,
aufstehen zu müssen,
obwohl man liegenbleiben will.

Es ist schlimm,
wenn man versucht, ganz still
zu pupsen und es nicht funktioniert.

Es ist schlimm,
wenn man sich nackt so sehr geniert,
dass auf den Wangen ein Feuerwerk entsteht.

Es ist schlimm,
wenn die Autokorrektur Wörter so verdreht,
dass aus »kannst du bitte« ein »kannst du Nutte« wird.

Es ist schlimm,
wenn man sich darin verirrt,
im Trott zu resignieren.

Es ist schlimm,
permanent und überall zu verlieren –
außer an Gewicht.

Es ist schlimm,
wenn man etwas verspricht,
was man eh nicht halten kann.

Es ist schlimm,
wenn ein zauberhafter Bann
bricht, durch einen inneren Zwist.

Es ist schlimm,
wenn die Zeit sich an den stetigen Zeigern misst,
die sich nicht im Schabernack laben.

Es ist schlimm,
dich gevögelt zu haben,
wenn man das Ganze danach mal aus der Nähe betrachtet.

Es ist schlimm,
wenn man verneint und verachtet,
was man so sehr begehrt.

Es ist schlimm,
wenn man jemanden das Glück verwehrt,
um selbst nicht enttäuscht zu sein.

Es ist schlimm,
wenn das Herz zu einem Stein
wird, um sich nicht zu blamieren.

Es ist schlimm,
dich zu verlieren.

Hämatom

Jede Berührung, die unter die Haut geht
trägt die Kraft für blaue Flecken.
Jede Verführung, die für und an sich steht
erwägt, den Träumenden zu wecken.

Doch er schlägt um sich, da es hell ist,
entzieht dem Auge die Realität.
Adstringierende Nächte stauen Schnelles.
Erahnen am Morgen, es ist zu spät.

Wahllos

Ich war der Ursprung einer Idee,
zwischen »gut« und »nicht so okay«.
Ich war das Phantombild einer Zeit,
zwischen »Geh!« und »Bitte bleib!«.

Ich war der Funken einer Hoffnung,
der die Wahrheit still verschwieg.
Ich war das Grauen aller Betroffenen,
die das Schöne ins Falsche trieb.

Ich war die Flucht in die Ekstase
und der Halt im luftleeren Raum.
Ich war die Frage, ohne Courage –
eine Projektion in deinem Traum.

Ich war der Füller dieser Zeilen,
der die Lücken still beschreibt.
Hand aufs Herz, wir beide bleiben
mehr als eins, aber nicht zu zweit.

Ich bin hohl

Ich stehe hier und räume mich leer
– als Geschenk,
ihr könnt mich mitnehmen!
Stellt mich hin in eure Welt,
ich bin euer Lampenschirm.

Das Mobile über dem Kinderbett,
der verzerrte Spiegel am Kleiderschrank,
ein Foto, gleich einer verblichenen Erinnerung,
oder gar die Fernbedienung in eurer Hand.

Ich verspreche auch, ich fasse nichts an!
Ich mag nur schauen und staunen,
wie sich diese Welt so für euch zusammenstellt.
Also kommt schon, tretet näher!

Hier, an meinen Plundertisch,
hab ich mich extra ausgeweidet,
alles exklusiv und frisch.
Nehmt es ruhig hin, ich brauch es nicht.

Hier, für dich zum Beispiel:
Nimm meinen minimalitischen Trizeps,
du schaust etwas schwächlich aus.
Gönn ihm 'ne kräftige Portion Proteinshakes!
Vielleicht wird in dieser steinernen Zeit
bald ein animalischer T-Rex daraus!

Oder ihr zwei, ihr schaut so glücklich!
Nehmt meine Augenringe und traut euch.
Baut aus meiner Mundhöhle ein mugliges Haus,
pflanzt Bäume davor aus Augapfelkernen –
vielleicht klettern eure Kinder später darauf.

Oder du, nimm doch meine fülligen Brüste!
Lege dich buhlend dazwischen, sie sind wunderbar groß.
Folge schlicht und einfach deinen sexuellen Lüsten.
Ich brauche sie nicht, mit den Jahren hängen sie bloß.

Oder Sie, nehmen Sie meinen prallgefüllten Magen
und verwenden sie ihn wie Wasserbomben, los!
Werfen Sie damit die Maßstäbe aller Idealfiguren ab!
Was bringt mir ein perfekter Strichmenschenkörper,
wenn ein herausstehender Knochen eine Distanz
zwischen mir und meinem Gegenüber schafft?

Also kommt schon, greift ruhig zu! Ich weiß, ich weiß,
gerade im Darm ist auch echt viel Scheiße dabei,
aber mit etwas Geschick und Leistungsanreiz
kreiert ihr aus meinen Knochen das edelste aller Elfenbeine.

Formt Girlanden aus meinen Gedärmen,
trinkt Schnaps aus meiner Kehle.
Schmeißt Konfettischwärme aus Nägeln,
berieselt damit eure Seelen.

Macht Musik mit meinen Fingern
auf strammgezogenen Trommelfellen.
Schreit dabei vor Glück und tanzt
so sehr, als wäre es existenziell!

Meine Impulse geben euch den Bass.
Zündet ein Feuerfest auf meinen Venushügel.
Komponiert danach im Morgentauglanz
eine Festsonate auf meinem Nasenflügel.

Erschüttert Mark und Bein bis an die Rezeptoren.
Taumelt vor Glück zur lieblichen Melodie.
Schwebt, spannt die Segel meiner Ohren!
Seid die Würmer, spürt die Vibes, verliebt euch!
In ihn oder sie oder beide!

Steigt vom Bügel über Amboss zum Hammer!
Formt aus Weisheitszähnen eine Axt!
Holt einmal kräftig aus und
Zack!

Zerhackt mich weiter in tausend Teile,
ich hätte in jeder Schublade Platz
und spielte für euch jegliche Rolle,
in der Hoffnung, dass diese Bühne
ein Leben innehat.

Steigt in meine Lunge und nehmt den letzten Atemzug!
Raucht und haucht euch damit etwas Leben ein!
Reist gerne, reist wild, gönnt euch hart, gönnt euch gut!
Für mich wird es dann eh nicht mehr tödlich sein.

Also kommt schon, greift ruhig zu!
Es ist umsonst, ihr habt die Wahl
– warum all dieser Geiz?
Ich hab alles und jeden beachtet …

Bis auf zwei Fragen meinerseits:

Bin ich eigentlich hohl?!
Und falls ja,
was war der jeweilige Preis?

Gerede

Sie sagten: Schreie!
ICH schrie.
Sie sagten: Bleibe!
DU bliebst.
Sie sagten: Schreibe!
ER schrieb.
Sie sagten: Verzeihe!
SIE verzieh –

ES.

Sie sagten: Schweigen!
WIR schwiegen.
Sie sagten: Treibenlassen!
IHR wurdet getrieben.
Sie sagten: heilen, sich aufraffen und
SIE hielten

allesamt zu viel davon.

Ein Teil von mir

Ich war es, die auf mich baute,
doch kam zu selten mit mir in den Dialog,
sodass ich mir stets selbst vertraute,
obwohl ich mich oft selbst betrog.

Ein Teil meines Ichs wurde ein Du.
Du gingst mit sicherem Schritt.
Ich glaubte dir, hörte taub zu
und zog blindlinks mit dir mit.

Es war Kontrolle, die ich in dir fand,
nach ewig andauerndem Warten.
So nahm ich dich an meine Hand
und du spieltest mir in die Karten.

Doch mit jedem Mal wurdest du autonomer
und das Blatt begann, sich still zu wenden,
dein Tonfall, der wurde gröber
und du entglittst meinen Händen.

Ich nahm und schluckte dabei viel zu viel,
begutachtet die Spucke wie ein feuriges Spiel –
mit der Angst vor dem Schlag, doch formte sie nicht,
denn ich zerrte, zerrte und brach solide im Genick.

Man lehrte mich einst, die Sprache sei der Schlüssel.
So liebäugelte ich mit diesem schweinischen Spiel.
Suchte im Himmel vergebens nach Trüffeln,
bis ich aus allen Wolken fiel.

Aus Angst vor dem Sturzflug
krallte ich mich an dich,
denn tief unter mir
klafft in Schwärze das Nichts.

Ich krall mich fest und lass mich weiter verkeilen.
Ich bin in den Worten gefangen
und hänge zwischen den Zeilen.
Ich bin dir sprachlos erlegen und traue mich nicht.
Träume verlegen vom Schweben,
doch habe Angst vorm Gewicht.

Dass ich die Schwere nicht ertrage, die ich ständig habe.
Bin der Esel, die Ziege und der eitle Rabe.
Bin dir sprachlos erlegen, eine Fabel ohne Wesen.
Ernte blind die Rosinen, ohne die Trauben zu lesen.

Ich bin übertrieben an dir hängengeblieben,
habe alles getan, um in deinen Händen zu liegen.
Musste mich verschieben, bis zum Erbrechen verbiegen
Hab die Worte nie gesucht, sondern immer nur gesch...

Stopfe weiter und weiter, weil die Seele Hunger schreit,
tobend wild, ins Unermessliche, wo der Inhalt Leere bleibt.
Ein Loch in meinem Magen, an dem die Demut kräftig zieht,
im Verruchten sich zu laben, weil bitter nie nahrhaft schien

Der süße Geschmack,
wie eine Sucht, um die ich kreiselnd weiterdrehe
so brachial und voller Wucht,
dass ich ihr erliege und im Winde verwese.

Denn ich brauche dich in mir, doch verstaube still auf dir.
Ich spiegele dein Wesen und enfremde mich von mir.
Glaube heimlich an ein Wir, tauge dabei jedoch nur dir
und alles, was ich nicht bin, hab ich schon längst kontrolliert

So wurde ich einst meiner Sprache beraubt,
nicht dem Klang, nicht der Silben,
nur dem Ausdruck, den es braucht.
Das zu sagen, was ich fühle, und zu meinen, was ich denke,
verhangen in meiner Haut beziehungsweise Stirnfläche.

Ich mag weder vor-, zurück-
noch stehenbleiben.
Doch statt Entscheidungen
spüre ich nur die Tropfen
meiner Augen, gleich Tränen
an den Fensterscheiben.

Du bist das Unkraut, das in mir wuchert.
Du bist der Keim, der Wurzeln schlägt.
Du bist der Ursprung, der leise schlummert,
von Verlust geprägt.

Du kreierst Gedichte und zerstörst sie wieder.
Du existierst nur zwischen den Zeilen.
Und ich bin emanzipiert, doch viel zu bieder,
mir all meine Taten selbst zu verzeihen.

Man lehrte mich einst, die Sprache sei der Schlüssel,
so liebäugelte ich mit diesem schweinischen Spiel,
suchte im Himmel vergebens nach Trüffeln,
bis ich aus allen Wolken fiel.

Aus Angst vor dem Sturzflug
krallte ich mich an dich,
denn tief unter mir
klafft die Schwärze des Nichts.

Ich krall mich fest. Komm, lass mich weiter verkeilen.
Ich bin in den Worten gefangen
und hänge zwischen den Zeilen.
Ich bin dir sprachlos erlegen und traue mich nicht.
Träume verlegen vom Schweben,
doch habe Angst vorm Gewicht.

Dass ich die Schwere nicht ertrage, die ich ständig habe.
Bin der Esel, die Ziege und der eitle Rabe.
Bin dir sprachlos erlegen, eine Fabel ohne Wesen.
Ernte blind die Rosinen, ohne die Trauben zu lesen.

Ich bin übertrieben an dir hängengeblieben,
habe alles getan, um in deinen Händen zu liegen.
Musste mich verschieben, bis zum Erbrechen verbiegen
und hab die Worte nie gesucht, sondern viel zu lang gesch...

Konsequent

Sei
ein-Fach
und öffne dich
sacht.
Und dann:
Nimm
das Blatt
und wende es
bedacht.

Über die Kraft des Handelns und das Leben zu lieben

Wunde der Natur

EINE WUNDE

Ich bin ~~ein Wunder~~ der Natur.
Mit ihrem Ursprung, gleich einer Basis,
welcher sich spielerisch abstrahiert
und in den Gesamtkomplex alldessen
auf meine Leben projiziert.

Ihr Kräfte tragen meine Bewegung,
wie ich sie schwungvoll ausbalancier,
sind sie der Motor jeglicher Regungen
und ich ihr Durchschnitt,
getrennt vom Nabel,
runtergebrochen auf der Elemente vier.

Ich bin die Luft, die man nicht sieht
und viel zu oft noch unterschätzt.
Ich bin das spielerische Glied,
das sich im Winde stets vernetzt.

Einst peitschte ein eisiger Sturm über mein Land.
Stacheldraht umwickelte meine viel zu dünne Haut.
Gleichwohl nahte eine Zeit, in der Wärme entstand
und das Lodern entflammte, das den Sauerstoff braucht.

Ich bin das Feuer,
was einst in dunkler Höhle entfacht.
Ich folgte Reibung auf Reibung
bis zum Funkenschlag.

Ich war die Flucht vor der eisigen Kälte
und der Halt im Schatten der Nacht.
Wurde bereichert mit Empathie und geistiger Stärke,
jegliche Feuer zu achten, mittels all meiner Macht.

Seit an zirkuliert diese pulsierende Kraft
von hier über hier, in allen Gliedern,
in jeder Ader, an jedem Tag, in jeder Nacht.

Denn ich bin das Feuer,
ich bin die Wärme und das Licht.
Alsbald ich diese Kräfte verspürte, ahnte ich:
Mit etwas, das Funken schlägt, spiele nicht!

Ich bin die Erde, gleich einer Mutter,
die einen fruchtbaren Nährboden legt.
Ich bin die Basis, Halt zu geben,
falls ein Samen Wurzeln schlägt.

Diese Gabe wurde mir einverleibt
bis an das Ende meiner Tage.
Und was davon übrigbleibt,
sind glasige Augen, Erinnerungen
und ein verwaister, lebloser Name.

Doch ein Feuer wütete einst über mein Land,
hinterließ eine Kraterlandschaft an verbrannter Erde,
kein Sprössling, der in der Dürre seinen Halt darin fand
– alles trist, alles lose –, und unter dieser Schwere
verwelkte beinah meine letzte Blüte,
als es auf sonderbare Weise wieder zu regnen begann.

Ich bin das Wasser,
das sich permanent bewegt.
Ich belebe und verdränge,
ich bin die Masse, die mich trägt.

Fließe, Wasser, fließe!
Flächenweise zieh mein Land entlang,
lass gedeihen, wachsen, sprießen!
Wo die Hoffnung ihre Quelle fand,
pumpt die Kraft in meinen Adern,
es zittert die Membran.
Schweißbedeckt in meinen Fasern
gedeiht mit der Verantwortung die Angst,
dass ich das Maß nicht halten kann.

Aus Tränen werden Bäche,
stürzende Ströme rinnen ohne Halt und jene Rast.
Jede Stärke birgt ihre Schwäche,
was einst fruchtbarer Humus, wird klammer Morast.

Viel zu viel ist viel zu viel
und zu wenig nie genug.
Die Natur bestimmt das Spiel,
nach der Ebbe kommt die Flut.

EINE WUNDE

Ich bleibe dabei ~~ein Wunder~~ der Natur,
trage ihre Stimmung, ihre Laune,
bin ein Teil der Prozedur.
Was auch immer kommen wird,
in mir ruht ihr Potential.

Klaffend schreit die Zeit, bis sie ihr Narbennetz webt,
doch verhallen ihre Schritte, gleichen all ihre Spuren
einem Landschaftsgebirge, das wie durch ein Wunder
für sich selber steht.

Ich bin das Feuer, was in dunkler Höhle entfacht,
ich bin die Luft, die in und um mich wacht.
Ich bin das Wasser, das sich permanent bewegt
Ich bin wie ihr
– nur ein Teil dieser Erde,
um die es sich doch eigentlich dreht.

Was dazwischen bleibt

Ich traf einst im Park einen Mann
von recht zierlicher Gestalt.
Sehr mühsam schien mir sein Gang
und auch seine Augen wirkten müde, gar kalt.

Ich erinnere mich nicht, wie es dazu kam,
als er auf einmal so vor mir stand,
und er, bevor ich etwas entgegnen konnte,
überzeugend bereits zu reden begann:

Wir werden geboren um zu sterben, er sei Nihilist,
und all das dazwischen wäre egal,
da im Geburtskanal und Sarg nur Platz für einen ist.

Ich erschrak mich,
wie sich sein Mund dabei verformte,
während ich an seinen Lippen hang.
Ich verlor mich in jedem seiner Worte,
da ein Teil von mir sich darin wiederfand.

Plötzlich vernahm ich einen mir altbekannten Ton,
welcher aus meiner trockenen Mundkehle erklang.
Es war, galube ich, Unsicherheit und etwas Hohn,
als ich unangenehmerweise laut zu lachen begann.

»Entschuldigen Sie, ich lache nicht,
ich, ähm, habe einen Asthmaanfall!«,
log ich solide, zündete eine Zigarette
und verschwand. Mit seinen Worten
als Begleiter in meinen Ohren,
die wie glühende Kohle brannten,

zog ich wochenlang zerzaust durch einsame Wälder.
Ich trauerte in den Nächten um das Licht vom Tag.
Dort lachten nicht, sondern weinten die Kälber,
da sie spürten, dass ich spürte,
dass alles so vergänglich war.

Was bleibt für mich?, fragte ich noch dich.
Wiegte mich dazwischen in einsamen Schlaf.
Bis zu diesem einen Moment – an und für sich –,
in dem ich mein eigenes Schweigen brach.

Der Sturm läutete Umbruch,
alsbald ich die Ruhe erzwang.
Im Wind hisste er Worte auf Halbmast:
»Keine Angst, du hast nur Angst.«

Wenn nichts ist, wie es ist,
was für immer so bleibt –
es wohl abzuwarten.

Mit jedem Schritt vorwärts,
der oft anderen gleicht –
man dabei manchmal

einem Fremden und Gleichgesinnten
wie verlorener Sand im salzigen Meer –
sei wohl nicht

zu erwarten
bis hier hin –
und her

läuft man wie ein
Automotor
im Kreis –

Verkehr hast du nur,
wenn du Briefe schreibst –
du denn gar nicht mehr?

Für dich?

Klar,
Das, was war,
das war und bleibt.

Wie kleine Teile in deinem Nacken,
die durch die Sonne schreiten
und sich mit variierenden Schatten
über dein Dasein breiten.

Doch von Zeit
zu Zeit –
Verschwendung

Wäre es nur,
wenn du
stehenbleibst.

Jede Person hat doch Dreck am Stecken
und trägt Lasten, die sie zutiefst bereut.
Selber das Salz aus den Wunden zu lecken,
ist schwerer, als es auf andere zu streuen.

Nicht jeder Tag
kann ein krasser sein.
Nicht jede Nacht endet
mit dem Sonnenschein.

So fällt es mir oft schwer, einzugestehen.
Ich sollte dazwischen nachgiebiger
mit mir selber sein,
um gerade zu gehen.

So kann ich ins kalte Wasser springen,
ohne dabei baden zu gehen.
Ich kann jedes dünne Eis betreten,
ohne mit kalten Füßen dazustehen.
Ich kann mich nackt vor den Spiegel stellen,
ohne davor das Handtuch zu werfen.

Ich kann eine Tafel Schokolade essen,
ohne zu denken,
ich würde sofort an Adipositas sterben.

Ich kann, wenn ich will,

                                        dazwischen sein.

Zwischen allen Höhen und Tiefen
meiner fehlbaren Menschlichkeit.

Wenn schon nichts ist, wie es ist,
was für immer so bleibt –
wohl der Mut

in der Gelegenheit,
frech zu fragen:

»Darf ich dich fest nageln,
ohne mich festzunageln?«

Somit ordnete ich meine Worte zu Gedanken,
suchte damit beladen die Fährte des Mannes.
Doch trotz jedlicher Bemühung, es schien unmöglich,
dass ich ihn wiederfand.

Drum hinterließ ich ihm im Park eine Karte
mit einem Stein befestigt unter einer alten Bank.
Still hoffend, er würde sie finden und lächeln,
über das, was darauf geschrieben stand:

Was dazwischen bleibt
sind die Bilder und Geschichten,
die das Leben buntzersplittert schreibt.
Und mit jeder neuen Begegnung
ergibt sich aus einer begrenzten Zeit
ein verspieltes Mosaik,
so unendlich, ergänzend und weit,
durch jedes einzelne
Puzzleteil!

Ach du!
Du schöne mühsame Begegnung.
Wer weiß, ob wir uns wiedersehen
und was der Wind so aus uns macht.
Wie zerzaust wir noch durch Wälder ziehen
und die Nächte feiern, als seien sie der Tag.

Ich trage deine Begegnung mit Trauer und Freude,
behütet in mir wie einen wertvollen Schatz.
Ich danke dir für deine Wagnis, deine Worte.
In meinem Mosaik hast du einen bedeutenden Platz –
hinterlassen.

Liebesgedicht fürs eigene Herz

Mein Herz war einst so schwer,
ich glaube, es konnte nicht mehr.
Drum purzelte es aus mir raus
und ging mit andern Leuten aus.

Doch seitdem du weg bist,
liebes Herz,
spür ich nur noch Wackness
und so einen Schmerz.

Und dann kotzt es mich an,
wegen dir kotzen zu gehen.
Mittlerweile frag ich mich:
Kotzt es das Klo eigentlich an,
mich ständig kotzen zu sehen?

Denn ich sehe die Tage wie die Nächte,
alles grau in grau.
Frage mich manchmal, was es brächte,
mir im Spiegel dafür selbst
in die Fresse zu hauen.

Ich sehe dort eine Frau,
ihr Gesicht ist voller Schatten.
Mit den Tränen aufgestaut
trägt sie Ohren voller Watte.

So zieht sie durch die Gassen
und ihr Blick ist fest gesenkt,
mit den Händen in den Taschen
gibt's den Körper als Geschenk.

Gleich leblosem Fleisch
in einer spiegelnden Hülle.
Keine Kost, die ihr reicht,
um diese Leere zu füllen.

Alte Runde, altes Glück,
Augen zu und Schritt zurück.

Ich sehe im Spiegel ein junges Fräulein,
das mir nicht wie einst erscheint.
Es ist geübt im Lächeln und Tollsein,
seine genormt-adrette Kleidung sitzt astrein.

Ich sehe im Spiegel ein junges Fräulein,
doch es fühlt sich sichtlich nicht wohl.
Viel lieber würde es alleinesein,
da ihm irgendetwas die Freude verbot,
die schon immer in seinem Namen klingt.

Alte Runde, altes Glück
Augen zu und Schritt zurück.

Ich sehe im Spiegel ein kleines Mädchen,
wie es über seine eigenen Beine fällt.
Das etwas entfacht, was es später verbrennt,
während es mit Glut unter den Füßen
die Zechen seiner offenen Rechnungen prellt.

Ich sehe im Spiegel ein kleines Mädchen,
wie es manchmal heimlich weint,
weil die Leute, immer wenn es niest,
»Schönheit, mein Kind, Schönheit«
statt Gesundheit meinen.

Stur bot es ihre zarte Stirn,
als könnte es damit Wellen brechen.
Warf seinen Körper vor Beton,
als wollte es sich selber rächen.

Bis es der Schwindel überkommt
wartet es unverhofft auf Einsicht.
Mit den Zielen übernommen
spürt es, dass es alleine ist.

Alte Runde, altes Glück,
Augen zu und Schritt zurück.

Ich sehe im Spiegel noch ein Kind,
doch es schaut schnell wieder weg.
Mag diese Scham nicht entblößen,
die die Unschuld rot befleckt.

Ich sehe im Spiegel noch ein Kind,
das unter viel zu kalten Augen erfriert.
Das sich fragt, was das Weinen wohl bringt,
während es sich in deinen starken Armen verliert.

Ich sehe im Spiegel, noch ein Kind!

Ein Schatten überwirft es
und zwingt es in die Knie.
Wie einen Diener, den es nicht stört,
verliert es das, was es gibt,

weil es nichts mehr halten soll.
Denn zu groß ist seine Angst,
mit den Fingern über Kreuz
geht es das erste Mal auf Distanz.

Alte Runde, altes Glück ...
Doch es setzt zögerlich zum Trotz
einen kaum sichtbaren Punkt,
macht drei Schritte vor
und kommt zurück.

Ich sehe vor dem Spiegel eine Frau
und berühre sacht ihre Lippen.
Ihren Atem spüre ich kaum,
doch ich hör sie leise bitten:

»Neue Runde, neues Glück.
Augen auf, Herz zurück!«

Denn seitdem du weg bist,
spür ich nur noch Wackness,
und ohne dich verliert es sich ziemlich gut
im verführerischen Geschmack des Selbstbetrugs.

Drum fühl dich doch einfach herzlich willkommen,
ich habe hier noch einen schwarzen Fleck.
Ich hoffe, du hast dich fernab nicht übernommen,
wenn du wieder da bist, das verspreche ich auch,
lass ich dich nicht mehr weg!

Egal, wie schwer du bist,
denn ich vermisse dich!

Neue Runde,
neues Glück.
Augen auf
und

...

Beste Wahl
Für meine Familie

Ich hatte keine Wahl.
Ihr habt sie mir gegeben,
als ich in eure Hände sank.
Habt mich großgezogen,
lachen und weinen gesehen,
euch gebührt mein ganzer Dank.
Ihr tragt mich auf Federn
und habt Kieselsteine im Schuh.
Ihr seid der Halt,
mein Ursprung,
in dem ich Wurzeln schlug.
Es braucht keine Augen, um zu sehen.
Wie könnten wir uns somit aus ihnen verlieren?!
Ihr seid Heimat,
gabt mir das schönste Geschenk – mein Leben!
Wo immer ich bin, seit stetig auch Ihr!

Danke!

Ich danke den Menschen vom Lektora Verlag für diese Möglichkeit und dass sie sich so tollkühn meiner LRS gestellt haben! Ich danke all den Menschen, die des Weiteren an der Entstehung dieses Buches beteiligt sind!

Dominique Macri, Fellx Römer, Jakob Kielgaß, Max Remmert, Tanasgol Sabbagh, Moritz Niebeling, Olga Zimmermann, Sebastian23, Wolf Hogekamp, Julia Franzmeier, Julia Szymik, Jonas Ortmann, Ellen Leinbach.

Ich danke vor allem meiner Familie, die wesentlich an meiner Entstehung beteilig ist, und gemeinsam mit so viel Kraft durch das Leben und all seine Turbulenzen schreitet! Zusammenfassend danke ich all diesen und noch viel mehr Herzensmenschen um mich herum! Alleine der Versuch, sie hier gebührend aufzuzählen, erscheint mir frech und schier unmöglich! Ich trage euch in mir und finde, das steht und tut mir gut!

Long story short:
Ihr seid alle so voll mit Liebe,
keine Worte könnten euch gebührend beschreiben.
Drum suche ich sie nicht mehr, sondern genieße es,
Zeit mit euch zu teilen.

Henrik Szanto

Es hat 18 Buchstaben und neun davon sind Ypsilons

»Ob ich es vermisse, fragt einer, der nie fort war, und ich will sagen ›Ja, sehr‹ und ›Nein, denn ich habe es doch bei mir‹.«

Henrik Szanto lebt im Spannungsfeld der Vielfalt und Mehrsprachigkeit. Zwölf Texte zu Finnland, zu Ungarn – zwischen Lyrik und Prosa, Humor und Sehnsucht. Ob am finnischen Seeufer, umgeben von Redewendungen, im Lateinunterricht, beim Abendessen oder Brustschwimmen, ob in den Mauern eines alten Hauses in Budapest oder inmitten des Torjubels –, hier leben Sprache und die Freude daran. Illustriert von Dana Rausch, inklusive 12 Audiolinks.

»Seine Worte machen schmunzeln, nachdenken, weinen und lachen. Und irgendwie wohlig ums Herz.«
(Agnes Maier)

»Ein Buch, das uns ent- und verführt, in fremde Welten und Vergangenheiten, ins Futur II und zu uns selbst. Lest, ihr Menschen! Auf dass es euch an der Hand nimmt und ihr morgen weniger wenig wisst als heute.«
(Lisa Christ)

ISBN 978-3-95461-126-3
13,90 EUR

www.lektora.de/shop

Agnes Maier

Veni, Vidi, Vulva!
Slamtexte aus dem Leben einer Hebamme

Agnes Maiers Texte sind elegante Sprachpirouetten, die sich mit Leichtigkeit um die Verstrickungen des Lebens drehen. Sie erzählen von Stoßstangen, Käsefüßen, Wühltischmetaphern und Wäschebergen, dem weiblichen Geschlecht und seiner Anatomie, von Blut und Herzschlagmomenten und dem Versuch, festgefahrene Gesellschaftsparadigmen aufzudecken und zu brechen. Letzteres gelingt vor allem durch den authentischen und ironischen Umgang mit dem eigenen Imperfektionismus und einem Blickwinkel aufs Leben, wie nur eine Hebamme ihn hat. Weil, jetzt echt mal: Krieg dich ein Martin, es ist nur ein bisschen Blut!

»Agnes Maier betreibt in Einklang, Reim und Textform gebrachte, geschlechtsspezifische und gesellschaftspolitische Emanzipationsarbeit. So geht Aufklärung heute: Scheidentity statt Schwanzgehabe!« (Markus Köhle)

»Agnes Maiers Texte sind wie Presswehen: rhythmisch, mit großer Dringlichkeit und am Ende sind alle im Raum euphorisiert.« (Mieze Medusa)

ISBN 978-3-95461-127-0
13,90 EUR

www.lektora.de/shop

Philipp Herold

Alles zu seiner Zeit

Was lange währt, wird endlich gut: Das Album ist fertig!

Ein ganz persönliches Best-of der Bühnenstücke der letzten Jahre – zum detaillierten Nachlesen, ausführlichen Hinsehen und gemütlichen Zuhören. 11 Lieblingstexte, begleitet von 11 Illustrationen befreundeter Künstler*innen, finden ihren Weg von der Bühne in dieses Buch und sind darüber hinaus als Audioaufnahmen beigefügt. Es hat ein wenig gedauert, aber jetzt steht alles bereit – denn die Zeit ist reif.

»Ist schön, dir zu lauschen hinter der Bühne. Berührend. «
(Nora Gomringer)

»Echt, verspielt und unprätentiös.«
(Nektarios Vlachopoulos)

ISBN 978-3-95461-044-0
13,90 Euro

www.lektora.de/shop